MORCEAUX

EXTRAITS

DE

L'ALMANACH POPULAIRE

DE LA FRANCE

1834—1846

DOUAI

IMPRIMERIE DECHRISTÉ, RUE JEAN-DE-BOLOGNE.

1869

AVIS AU LECTEUR

—

Sous le règne de Louis-Philippe, le rédacteur en chef du *Progrès du Pas-de-Calais*, M. Frédéric Degeorge, que préoccupaient au plus haut point toutes les questions concernant le bien-être, la dignité et la moralité du peuple, avait fondé sous le nom d'*Almanach populaire de la France* un recueil annuel destiné à propager chez tous les citoyens de fermes et saines notions sur leur rôle, sur leurs droits et sur leurs devoirs sociaux.

Différentes notabilités fournissaient des articles à cet almanach populaire; nous citerons en première ligne le prince Louis-Napoléon Bonaparte.

M. Corne, ami de M. Degeorge, et alors président du Tribunal de Douai et député du Nord, a publié dans ce même recueil plusieurs morceaux que nous extrayons et qu'on lira sans doute avec intérêt.

DE LA DIGNITÉ DU TRAVAIL

Le jour ne se lève pas encore, et la ville est plongée dans le sommeil. Cependant l'horloge du beffroi sonne lentement cinq heures ; un bruit sourd vient des vieux quartiers, de ce dédale de ruelles habitées par le pauvre, et bientôt, à la lueur mourante de quelques réverbères, le long des rues silencieuses, on voit glisser, un à un, et comme des ombres, hommes, femmes, enfants qui se hâtent ; et, en effet, de loin en loin, au milieu des ténèbres, de longues façades, percées d'innombrables fenêtres, s'illuminent subitement ; la cloche aiguë des ateliers répond aux derniers coups du bourdon qui a sonné cinq heures, et toute cette foule éparse s'engloutit sous les portes béantes des manufactures. En même temps les portes de la ville se sont ouvertes, et par toutes les grandes rues qui en descendent, on peut voir arriver des groupes de robustes campagnards, en blouse, la besace sur l'épaule, la pioche, la truelle, la cognée au bras ; tous se rendent au chantier, à l'atelier de construction. Une journée de travail a commencé.

Quel sujet de méditations pour celui qui saurait lire la pensée intime de ces hommes sur leurs figures, graves pour la plupart, car la nuit apaise les émotions de l'âme, mais qui toutes portent l'empreinte que le caractère et la destinée de chacun y ont mise !

Au reste, il en est chez qui cette pensée se

révèle par des signes tellement clairs, par des traits tellement accentués, qu'on peut vraiment dire que tout leur être parle, et que leurs chagrins sont écrits en relief sur leurs fronts.

Ainsi, ce journalier qui se rend aux travaux du canal, lentement, comme si chaque pas lui coûtait un effort, portant la tête basse, et la promenant de droite et de gauche par un mouvement machinal, et dont les bras, robustes cependant, tombent si abandonnés le long de son corps ; cet homme dont le regard est fixe et dur, sous de gros sourcils constamment ramenés sur ses yeux, dont le front est plissé et les contours de la bouche fortement contractés, cet homme va-t-il au travail avec des idées sereines ? est-il heureux ?

S'il est heureux !... Il y a là-dessous un cœur où l'amertume déborde.

Qu'est-ce donc ? Se laisse-t-il abattre par le sentiment de sa faiblesse ? Est-ce la force ou le courage qui lui manque ? Non : c'est une nature vigoureuse ; ses moindres mouvements dénotent l'énergie de ses muscles, comme les traits de son visage accusent celle de son âme. Il sait travailler et souffrir.

Est-ce le sentiment de sa misère ? Non : soit force d'âme, soit habitude, il ne la sent pas ; il est sobre. Le travail ne lui manque pas ; sa santé est excellente : il a du pain pour lui, et il en rapporte à sa femme et à ses enfants.

Ne serait-ce pas l'envie ?... L'envie de tout ce luxe, de toutes ces jouissances que le riche étale à ses yeux ? Non sans doute : dans ce partage si inégal entre les hommes qui se disent frères, il se trouve lésé. Mais que faire? Faut-il que le monde retourne au chaos, faut-il l'y pousser, afin que, dans le hasard d'une nouvelle loterie, l'immense lot de la misère soit réparti différemment? Sa raison y répugne. Et puis il a parfois entrevu ce qu'il y a au fond de ce bonheur des riches, et il a accepté sa part d'héritage.

Son mal, où donc est-il? Il est dans sa fierté blessée. Oui. Cet homme est pauvre, mais il est né fier; il a le sentiment de sa dignité d'homme; il a cette pudeur des gens d'une humble fortune qui leur fait craindre de tomber dans l'opinion des autres hommes au-dessous du niveau auquel ils ont droit. De fausses idées, reçues dans son enfance, entretenues par les dédains de la sottise, l'ont amené à se considérer, lui, homme de labeur, comme un être déchu, ravalé au-dessous de sa condition. Parce qu'il est un simple journalier, parce qu'il ne sait qu'employer la force de ses bras, parce qu'il manie la pioche et la brouette, il lui semble qu'il est moralement au plus bas de l'échelle humaine. Aussi est-il aigri et malheureux; aussi n'est-ce qu'avec amertume et dégoût, et sous la dure loi de la nécessité, qu'il vient chaque matin reprendre les instruments de son métier.

Et il n'est pas seul à penser ainsi. Sans doute, parmi ses compagnons de labeur, cette fierté irritable qui lui fait de sa condition un supplice, n'est point le partage du grand nombre. Mais beaucoup, honnêtes comme lui, se courbent comme lui sous le poids d'une idée qui les rabaisse.

Honnêtes ouvriers, hommes utiles, relevez-vous donc à votre hauteur. Soyez justes envers vous-mêmes, et vous apprendrez cette justice aux autres. Connaissez ce qu'il y a d'honorable, ce qu'il y a de grand dans le travail, et vous apprendrez à ceux qui mènent les affaires de ce monde à prendre plus de souci de vous, à étendre davantage sur vous la protection des lois.

Grande est votre erreur, quand vous croyez que l'estime vraie du monde va trouver ceux qui se sont affranchis de la loi du travail. Par cela même qu'ils sont oisifs, ils sont suspects d'impuissance, d'une âme molle et abâtardie, et la société se défie de leurs loisirs. Les meilleurs d'entre eux, mécontents d'eux-mêmes, sentent tellement que le travail honore, qu'ils sont ingénieux à se créer quelques futiles occupations, afin d'échapper à l'ennui (maladie que vous êtes heureux d'ignorer et qui ronge le cœur), afin de pouvoir dire aussi que leur vie n'est pas complètement inerte et improductive.

Mais Dieu n'a pas voulu seulement que le travail fût la loi commune des hommes, il a voulu encore qu'il fût leur plus beau titre de noblesse, et l'instrument de toute fortune et de toute grandeur. Les noms de quelques hommes de génie, de quelques bienfaiteurs de l'humanité, sont venus jusqu'à vous. Jenner, Franklin, Watt, Parmentier, Jacquart, voilà des noms que vous connaissez, que vous vénérez, parce qu'ils sont ceux d'hommes qui, par d'admirables découvertes, sont venus au secours de l'infirmité et de la misère humaines. Et ces hommes, comment se sont-ils élevés si haut ? Par la science, par un travail si pénible et si opiniâtre, qu'il effrayerait peut-être vos courages si vous en connaissiez toutes les épines et toutes les fatigues. Absorbés tout le jour, et la nuit souvent encore, dans les livres, dans les méditations, dans les calculs, ils ont perdu leur santé, usé leur vie à la peine. Quelques-uns, à force de lire et de veiller, sont devenus aveugles, d'autres sont morts victimes de leurs recherches et de leurs expériences, tous ont bien payé la gloire de leurs noms. Vous honorez ces hommes, et vous avez raison ; mais faites donc un retour sur vous-mêmes. C'est le travail qui les a ennoblis, pourquoi le travail vous dégraderait-il ? C'est parce qu'ils ont été utiles à l'humanité, que nul n'oserait leur refuser son estime. Et vous, n'êtes-vous donc pas aussi des hommes utiles ? qui oserait vous dédaigner ? La justice de l'opinion n'a pas deux poids et deux mesures. Et vous, pourquoi levés avant le jour, bravant les rigueurs des saisons, ou l'insalubrité de l'atelier, méprisant le mal et la fatigue, travaillez-vous jusqu'à ce que vienne la nuit, et au delà même souvent ? Pour obéir à la loi de Dieu, comme le premier homme après sa chute, pour vivre honnêtement, pour donner à vos enfants du pain et de bons exemples, pour dormir d'un sommeil sans remords.

Vous êtes tout disposés à admirer les œuvres de l'esprit, même sans en comprendre bien toute la portée ; et, en effet, quand elles ne sont pas détournées de leur but, qui doit être toujours la vérité et l'honnêteté, c'est une de nos gloires. Mais vos œuvres à vous, devez-vous les apprécier moins ? ne sont-elles donc rien pour le bonheur des hommes et pour la grandeur des nations ?

Nourrir, vêtir, abriter, armer l'homme, multiplier à l'infini les éléments de son bien-être, et de sa force, n'est-ce rien ? Oh ! ce serait une société constituée sur d'étranges bases que celle où les produits des arts seraient avidement recherchés, où il n'y aurait qu'excitation et éloges pour les progrès de l'industrie, et où jamais une pensée d'estime et de reconnaissance ne viendrait récompenser le laborieux artisan ? Nous élèverions dans Paris un palais où serait livré à l'admiration de la France et du monde tout ce que peut produire de plus étonnant la main de l'homme, depuis le tissu le plus délicat jusqu'aux plus colossales machines, et nous n'aurions qu'une dédaigneuse indifférence pour les mains habiles et patientes, pour les bras infatigables qui ont créé toutes ces merveilles !

Et à qui donc l'humanité doit-elle ces travaux de géants qui font son orgueil et qui changeront ses destinées ? Ces immenses canaux qui sillonnent la terre, ces tunnels qui percent les montagnes, et passent sous le lit des grands fleuves, ces remparts où se briseront des armées, et ces hardis chemins de fer qui courent à travers le monde, l'aplanissant devant eux ? A vous, ouvriers, à vous, qui avez vivifié les conceptions du génie, en lui prêtant votre force intelligente, vos bras et vos courages. Oui, ces monuments sont vos œuvres ; levez la tête, regardez-les, et en les voyant prenez votre part d'un juste orgueil. Vous n'êtes pas si petits, vous qui faites de si grandes choses.

Oh ! ne rougissez plus de vos mains calleuses, de vos traits brunis au soleil, de vos vêtements

usés par vos labeurs journaliers ; rendez bien
plutôt grâce au travail En vous donnant la force,
en vous faisant mépriser la souffrance, il a bronzé
vos nobles cœurs, non, certes, contre la pitié
pour les malheurs d'autrui, mais contre l'égoïsme
et les dangers qui lui font peur. La palme des
plus beaux dévouements est à vous. Que la patrie
menacée appelle ses enfants, qu'elle ait besoin
d'opposer à ses ennemis de robustes poitrines,
vous accourez en foule ; s'élève-t-il un monu-
ment aux victoires de la liberté ? Il a pour base
les ossements de quelques milliers de vos pa-
reils. Un cri de détresse retentit dans la cité ;
des malheureux vont périr dans les eaux, dans
les flammes, sous des édifices croulants ; toujours de vos rangs s'élance un homme qui ne
mesure pas le danger quand l'humanité implore
son secours, qui compte pour rien sa vie, et la
risque mille fois, trop heureux s'il parvient à
rendre un père à ses enfants, un fils aux bras de
sa mère ; et il rentre dans la foule, essuyant une
larme du revers de sa forte main. HÉNIN, QUÉ-
TER (1), tous ces généreux sauveurs, qui comp-
tent leurs années par le nombre des victimes
qu'ils ont arrachées à la mort, c'est en travaillant comme vous qu'ils ont acquis cette vigueur
d'Hercule, si noblement employée ; c'est sous la

(1) Hénin, marin de Boulogne, qui reçut le prix Monthyon et la croix de la Légion-d'Honneur, après avoir
sauvé la vie à des centaines de naufragés.

Quéter, poissonnier à Douai, a sauvé la vie à quarante-
deux personnes qui se noyaient ; il a obtenu, pour ses
belles actions, le prix Monthyon et la décoration de la
croix de la Légion-d'Honneur.

1*

blouse de l'ouvrier qu'ils portent un cœur intré-
pide.

Croyez-le bien, il y a, même dans ce monde,
justice pour chacun. Jusque dans ces rangs de
la société, que vous considérez comme si dédaigneux de vos services, tout ce qui a une âme
droite les apprécie et les honore. D'absurdes
préjugés s'effacent tous les jours. Aux hommes
utiles et honnêtes l'estime publique ne peut man-
quer, et le travail a reconquis sa dignité.

H. CORNE.

LES FILS DU PEUPLE

La plupart des grands hommes dont le monde s'honore sont sortis de la chaumière ou de l'atelier. Trop souvent l'opulence énerve l'intelligence et le cœur ; celui qui, sans travail, sans fatigue, est bercé au milieu de toutes les délices de la vie, celui-là aura bien rarement au dedans de lui assez de ressort pour se faire un homme d'étude et d'action, et bien mériter de l'humanité par d'utiles et grands travaux.

L'enfant du peuple qui, dès le berceau, n'a connu qu'une vie dure, qui a supporté avec courage fatigues et privations, ne craindra pas cette application au travail d'où sortent les fortes intelligences. Chaque jour, chaque contact avec les hommes lui fait sentir péniblement combien le hasard de la naissance l'a maltraité, et il puise dans ce sentiment une mâle énergie pour remonter au rang qu'il s'est rendu digne d'occuper.

Autrefois, l'orgueil des courtisans semblait vouloir protester contre les droits du génie, et des valets titrés se croyaient supérieurs aux grands hommes, honneur de leur pays. Beaucoup de dignités étaient inabordables pour quiconque n'était pas de noble race, et d'anciennes illustrations d'antichambre humiliaient les Corneille et les Molière de leur dédaigneux patronage.

Grâce à notre grande révolution, dont heureusement le mauvais vouloir ou les fautes des gouvernements n'ont pu ébranler les principes de régénération sociale, aujourd'hui la carrière est libre devant toute intelligence qui se sent la force de la parcourir. Ce sont des mains roturières qui ont élevé nos plus beaux monuments, et tracé les plus admirables pages dont la peinture moderne s'enorgueillit. Dans les sciences et dans les lettres, combien de hautes positions conquises par des hommes d'une naissance obscure ! Combien de fils de prolétaires ont fait retentir la tribune nationale de leur patriotique et chaleureuse éloquence ! Les champs de bataille surtout ont offert de grandes destinées à des courages plébéiens, et plus d'un soldat heureux a saisi le bâton de maréchal, ou est allé même s'asseoir, homme nouveau, sur un trône conquis par son épée.

Ce temps des choses merveilleuses est passé. Nous ne sommes plus aux époques où le sol échauffé par les grandes passions enfantait des prodiges. Mais le vrai mérite ne manquera jamais de dignes objets d'émulation, de nobles palmes pour sa récompense. Toutes les distinctions sociales, tout le charme dont la richesse bien acquise environne la vie, et, par-dessus tout cela, l'estime, la reconnaissance publiques chez un peuple, plus habile qu'on ne pense à discerner ce qui est utile et beau, voilà certes de quoi stimuler, de quoi satisfaire de généreuses ambitions.

Fils du peuple, ayez bon courage ! Vengez-vous noblement de la fortune, en vous montrant plus studieux, plus courageux, plus habiles que ceux qu'elle a accablés de ses faveurs. Ces heureux du siècle, qui font les lois, ont bien voulu du moins écrire dans les constitutions que vous étiez leurs égaux. Faites plus ; faites-vous leurs maîtres en savoir, en travaux utiles, en vertu. Enfants, les écoles publiques vous sont ouvertes. Travaillez; rapportez sous le chaume les couronnes qui feront couler de douces larmes sur les joues de vos rudes et bons parents.

Jeunes gens, si vous sortez de ligne, les professions libérales vous appellent. Travaillez! et vous deviendrez, sur un beau théâtre, des hommes utiles et honorés, et vous doterez peut-être les sciences ou les arts de quelque découverte précieuse, ou bien vous aiderez au triomphe des principes qui font le bonheur de l'humanité. Hommes mûrs, vous vous devrez, dans toutes les carrières, au bien public, à la patrie. Travaillez! luttez! vous serez de bons citoyens, de vigoureux champions d'une bonne cause. Mais si, quelque jour, la fortune vous prend par la main et vous fait monter à des grandeurs inespérées, fils du peuple, n'oubliez jamais d'où vous êtes sortis ; ne reniez pas vos frères.

H. CORNE.

LA FAMILLE DE L'OUVRIER

Cherchez parmi tous vos rêves de bonheur, et si vous avez quelque peu connu la vie, vous vous arrêterez devant l'image d'un paisible et riant intérieur de famille.

Là, rien pour la vanité et le prestige; là, n'est point la richesse avec son faste et ses soucis; mais dans la médiocrité, c'est l'ordre, et l'aisance et la paix. Là, le cœur est rempli par les saintes affections qui unissent l'homme à sa compagne, le père à ses enfants. L'activité de l'esprit s'y dépense, sans que l'âme en soit troublée, dans cette sollicitude du père de famille qui pourvoit aux besoins du présent, et qui se complaît à préparer pour les siens, par un travail sans relâche, un avenir de sécurité et de bien-être.

Dans notre état de civilisation, ce bonheur est, il faut l'avouer, comme le patrimoine de ce milieu de la société où la vie ne s'agite pas trop, et ne se dissipe pas au dehors sous les excitants de la vanité ou de l'ambition, et où elle n'est pas sans cesse rendue amère et lourde par les souffrances de la misère.

Mais le pauvre, mais l'homme du peuple, ce courageux et nécessaire instrument de la fortune de tous, sera-t-il donc, lui, un fils de la grande famille, déshérité à ce point qu'il ne connaîtra pas même ce bonheur obscur, intime, le seul peut-être qui n'attende rien ni de la savante culture de l'esprit, ni des priviléges de la position sociale, ni des capitaux de la richesse?

Il y a droit pourtant à ce bonheur, par la justice même de Dieu ; car, de nul autre côté, la vie de ce monde ne tient pour lui ses promesses, pour lui qui n'a ni les molles jouissances du luxe, ni les hautaines satisfactions de l'orgueil, ni le charme des plaisirs de l'esprit et des arts, pour lui qui, courbé tout le jour sous un rude travail, peut à peine relever la tête, pour admirer les magnificences de la nature.

Il y a droit encore par la bonté de son cœur, de ce cœur simple et généreux, que l'égoïsme n'a point desséché, qui reste ouvert à toutes les nobles sympathies, qui sait au besoin souffrir et se dévouer pour l'humanité, et qui est fait pour sentir profondément les douces et pures affections de la famille.

Et cependant jetez les yeux de toutes parts, qu'ils pénètrent au fond de tant de misérables huttes où s'abritent des laboureurs ; que vos pas s'enfoncent dans ce dédale d'obscures ruelles où vit entassée la classe ouvrière de nos grandes cités ; dans beaucoup de ces intérieurs, vous ne verrez que tableaux repoussants, que la misère avec ses plus hideux détails. Sur ces milliers de visages d'hommes, de femmes et d'enfants, vous ne lirez pas ces heureuses impressions que devrait y laisser la bonne vie de famille. Vous y verrez bien plutôt le chagrin taciturne ou grondeur ; vous entendrez le bruit des querelles, les imprécations de la colère, des cris de femmes, des pleurs d'enfants, et de loin en loin aussi les éclats d'une gaieté courte et brutale, puisée dans l'ivresse. Vous sortirez de là le cœur serré et vous déplorerez le sort de vos frères qui ne peuvent, même au prix de douze ou quinze heures de travail, chaque jour, acheter le droit de se reposer quelques instants au milieu d'un peu de bonheur domestique.

Mais à qui demander compte de ce mal profond, et qui redressera cet inique partage des biens et des maux de la vie ? Je sais les vices de notre organisation sociale ; je me fais une haute idée des devoirs de ceux qui mènent les affaires de ce monde vis-à-vis de tant d'hommes qui ont le droit de vivre de leur travail, et d'en vivre, non à la manière des brutes, mais comme il appartient à des êtres intelligents, sympathiques, membres au même titre que nous de la société humaine, marqués comme nous d'un sceau divin. Je suis de ceux qui voudraient voir incessamment agrandir, devant ces hommes, toutes les sources de la moralité, de l'instruction et du bien-être ; ce serait justice et sagesse.

Mais pourquoi ne dirais-je pas toute la vérité ? il ne faut flatter personne, pas même celui qui est pauvre et qui souffre. C'est ajouter encore à sa misère que de jeter en lui l'idée fausse et funeste qu'il ne peut rien de lui-même pour améliorer son sort, et qu'il est tout entier à la merci d'autres hommes, égoïstes et durs ; c'est briser en lui le ressort qui tient son cœur plus haut que sa fortune et qui peut l'aider un jour à relever l'une au niveau de l'autre.

La société ne se réforme guère par le haut. C'est là que les révolutions éclatent, mais c'est au niveau du sol qu'elles se préparent; alors qu'il s'agit des mœurs, l'action publique est faible, les volontés, les efforts individuels sont tout-puissants. Ouvriers, hommes droits et dignes d'être heureux, il y a des joies que beaucoup d'entre vous ignorent, et qui sont à votre portée cependant. Elles seront à vous quand vous le voudrez. Vous les trouverez à votre foyer domestique quand vous aurez su constituer chez vous, époux et pères, les saintes mœurs de la famille.

Oui. C'est parce que le lien moral de la famille est trop souvent misérablement relâché, que mille souffrances intérieures viennent s'ajouter au dénûment du pauvre. Suivons, dans les détails de sa vie domestique, cet ouvrier chez qui le délabrement extérieur trahit une incurable indigence, chez qui les traits du visage plissés et déformés accusent des chagrins poignants, nous saurons bientôt d'où lui viennent sa profonde misère et ses douleurs.

La journée de travail est finie; par une sombre et pluvieuse soirée d'hiver, cet homme regagne son gîte, au fond des bas quartiers de la ville. Il presse le pas pour se soustraire au plus tôt aux torrents de pluie qui l'inondent. Il arrive, au travers d'allées et d'escaliers obscurs, au galetas qu'il habite avec sa nombreuse famille. Tout ce que l'imagination peut créer de plus repoussant s'offre à la vue dans ce triste séjour : partout le désordre, la malpropreté, et une atmosphère méphitique qui soulève le cœur. La femme de l'ouvrier est là, déguenillée, accroupie dans un coin, nonchalamment occupée de quelque travail d'aiguille. Cette femme est jeune encore, mais, faute de soins et de propreté, elle n'a rien conservé des attraits naturels qui lui avaient donné d'abord quelque empire sur son mari.

L'ouvrier rentre, et pas un mot, pas un sourire amical ne l'accueille. D'un regard sombre il parcourt son misérable gîte. Son foyer est sans feu où il puisse sécher ses membres trempés de pluie; il voudrait se débarrasser de ses vêtements humides; il n'a ni vêtements ni linge de rechange; d'un ton brusque il demande sa soupe du soir, et le repas qui doit le restaurer après de si longues heures de fatigue n'est pas préparé. Alors sa mauvaise humeur éclate; il se répand en reproches contre la négligence de sa femme; celle-ci riposte par les mots les plus aigres. L'injure, l'imputation de vices grossiers volent de part et d'autre; de jeunes garçons, de jeunes filles assistent à ces tristes scènes où un père et une mère épuisent l'un contre l'autre le vocabulaire des lieux de débauche, trop heureux quand ils peuvent, se jetant entre leurs parents, enivrés de leur colère, prévenir des rixes sacriléges (1)

Ces pauvres enfants ne sont pas les victimes les moins à plaindre du désordre et des mœurs grossières de leur famille; et par un retour inévitable, leurs vices viennent ajouter un surcroît au malheur de leurs parents. Sevrés de bonne

(1) Il faut remarquer que ces tableaux de la misère et du désordre chez certains ouvriers des villes remontent à 35 ans; ils étaient vrais alors, puissent-ils ne répondre aujourd'hui à aucune réalité!

heure de quelques caresses données à leur première enfance, mal nourris, à peine vêtus, en
butte pour la moindre faute aux invectives et
aux coups, ils ne voient l'intérieur domestique
que comme un lieu de privations et de souffrances; ils ont hâte de le quitter. Leurs parents,
absorbés par le sentiment personnel de leur
misère, s'inquiètent peu de les conduire à la salle
d'asile ou à l'école; ils n'aspirent qu'après le
jour où ils pourront exploiter leurs labeurs, où
ils pourront les livrer au travail énervant de la
manufacture. Abandonnés tout le jour sur le pavé
de la grande ville, ces enfants passent leur vie
dans les carrefours à suivre l'apprentissage du
vagabondage et de tous les vices. S'ils rentrent
le soir pour prendre leur repas, nulle bonne
parole ne retentit à leur oreille et ne descend
jusqu'à leur cœur. A peine ont-ils dévoré leur
morceau de pain, qu'ils vont sans bruit chercher
le sommeil de leur âge sur un misérable grabat,
empressés d'échapper aux reproches et aux mauvais traitements qu'ils redoutent.

Ils grandissent ainsi, ignorants, abrutis, sans
entrailles pour des parents qui n'ont su leur
inspirer ni amour, ni respect, destitués de tous
principes sur lesquels ils puissent s'appuyer
pour résister aux suggestions dangereuses de la
misère, livrés à toutes les mauvaises chances de
la vie.

Ne vous étonnez pas si, quelque jour, vous
surprenez chez ce malheureux père un front plus
sombre encore que de coutume, et si vous voyez
des larmes silencieuses tomber de ses joues sur
son ouvrage qu'il poursuit d'une main mal assu-

rée : peut-être il pleure en ce moment sur son fils, entraîné de la fainéantise au crime, et qui part pour le bagne, flétri par un arrêt de la justice. Peut-être il pleure sur sa fille, sa fille objet privilégié de sa rude tendresse, qu'il regardait parfois avec un sentiment d'orgueil, le seul qu'il ait jamais connu, sa fille, belle pour son malheur, qu'un infâme a séduite avec de doux propos et un peu d'or, pauvre fille trahie, déshonorée, aujourd'hui réduite à vivre du pain de la prostitution. Oh ! alors ce qui le relevait encore à ses yeux et aux vôtres, son courage même lui échappe, car son cœur de père est brisé ; l'outil tombe de sa main ; il s'éloigne, il va chercher dans l'ivresse l'oubli de maux qu'il n'ose plus regarder en face. Il appelle à son secours une passion brutale, il s'y livre avec fureur, il y consume toutes ses ressources, sa propre vie, l'aliment de la vie de sa femme et de ses enfants. C'est le dernier période de l'abjection et de la détresse pour cette triste famille.

Emus de pitié pour de telles infortunes, n'interdisons pas à notre raison d'en juger froidement les causes. L'indigence de l'ouvrier ne doit pas seule être accusée. L'indigence n'exclut pas tout bonheur domestique, car elle n'exclut pas, grâces à Dieu, les bonnes mœurs ; et avec les bonnes mœurs, il y a pour le pauvre aussi, sous le chaume ou dans la mansarde, un esprit d'ordre et de paix, des vertus et des joies de famille. C'est le sentiment du devoir, c'est la piété du cœur qui là, comme sur les grands théâtres du monde, décide de la condition morale de l'homme. Dans le plus pauvre ménage, quand la

mère de famille est une digne femme, appréciant
bien sa mission, écoutant tous les instincts de
son cœur, quand le mari comprend ce qu'il doit
d'égards à sa compagne, de sollicitude à ses enfants, ce qu'il doit aussi à sa dignité d'homme,
rien de semblable aux lamentables scènes que
j'esquissais tout à l'heure ne vient affliger l'âme:
il arrive même alors que la famille de l'ouvrier,
du laboureur, offre parfois, avec un charme de
simplicité patriarcale, l'image du bonheur plus
calme et plus vrai qu'on ne le trouve dans les
hautes régions du monde.

Dans l'ordre d'idées que je développe, si j'ai
nommé la femme la première, c'est que Dieu l'a
faite pour être comme le bon génie du foyer
domestique, aimante et dévouée ; ceux qu'elle
aime, il faut qu'elle les attire, qu'elle les retienne
près d'elle, et pour cela elle est ingénieuse et
infatigable. Epouse de l'ouvrier, elle saura parer
son indigence, et lui faire trouver la vie douce
et facile dans son pauvre ménage. Active, éco-
nome et propre, elle fait ressource de toute
chose, range et nettoie sans cesse, sait pourvoir
aux besoins du jour et à ceux du lendemain. Par
ses soins le logis commun est toujours sain, bien
aéré, d'une netteté parfaite, presque riant avec
ses meubles grossiers, sans doute, mais en bon
ordre et reluisants de propreté. Elle est levée
avant le jour pour entretenir les vêtements de
son mari et de ses enfants, pour faire qu'ils
soient sûrs de trouver toujours du linge propre,
des habits sans lambeaux ni souillures. Elle
s'impose à elle-même les plus pénibles privations, mais nul de ses enfants ne lui dira jamais:

« Mère, j'ai faim ; » jamais son mari, rentrant le soir, après sa journée de fatigues, ne cherchera d'un œil inquiet le repas qui doit réparer ses forces. Un instinct sûr et délicat lui dit aussi qu'elle doit prendre soin de sa personne, afin d'être toujours avenante aux yeux de son mari ; et elle se garde, même alors qu'elle est triste, de se montrer maussade ou tracassière. Opposant douceur et patience aux accès de mauvaise humeur de cet homme chez qui une nature rude reprend parfois le dessus, elle finit par l'adoucir lui-même, par lui en imposer. Il a une haute idée de la valeur morale de cette bonne mère de famille, et il l'environne, à sa manière, d'une sorte de vénération silencieuse.

Si l'ouvrier se plaît dans son intérieur de famille, et s'y délasse de ses travaux en aidant sa compagne dans quelques soins du ménage, s'il s'éloigne du cabaret, s'il n'y va pas comme tant d'autres perdre les bonnes habitudes domestiques, son argent, sa raison, sa moralité, c'est grâce au zèle intelligent, au dévouement affectueux de sa femme qui a su l'attacher doublement à ses devoirs par les affections et par le sentiment du bien-être. Si leurs enfants, élevés honnêtement, bien soignés, bien surveillés, au lieu d'être livrés sur la voie publique aux contacts les plus pernicieux, fréquentent assidûment l'école, y sont remarqués pour leur décence et leur travail, et s'élèveront un jour par leur intelligence cultivée au-dessus de la dure condition de leurs parents, grâces encore en doivent être rendues à la mère de famille. C'est elle qui sans autre guide que sa tendresse et ses droites inspirations leur a donné cette éducation du cœur qui fait que l'enfant a horreur de ce qui est bas et méchant, se sent attiré vers ce qui est noble et bon, et grandit pour être un honnête homme. Moralistes et politiques n'apprécient pas assez haut l'influence de la femme sur les mœurs de la famille, ce fondement solide des mœurs publiques ; s'ils voyaient plus juste à cet égard, il n'y aurait pas tant d'insouciance et de parcimonie dans les moyens d'éducation pour les jeunes filles des classes pauvres ; dans nos villes et nos campagnes, on soignerait au moins à l'égal de celle des hommes, l'enfance des femmes qui seront les mères et les institutrices des générations futures.

Au reste, si dans l'intérieur domestique le rôle providentiel de la femme est de premier ordre, l'homme n'en a pas moins une grande part d'obligations et de responsabilité. Que dis-je ? N'est-ce pas sur le travail de ses bras, sur son courage que repose l'existence de sa femme et de ses enfants ? Dès qu'il se dérange un jour, ils souffrent ; s'il vient à les abandonner, il faut qu'ils meurent, à moins que la charité publique ne leur jette un morceau de pain. Quand sa compagne s'épuise en efforts pour entretenir l'ordre et l'aisance dans leur intérieur, pourrait-il bien y apporter, par sa paresse et ses excès, le désordre et la misère ? N'est-ce pas à lui, qui est l'être fort, à l'aider dans sa lutte de tous les jours contre les besoins qui assiégent leur indigence, à lui de la soutenir dans l'œuvre pieuse de l'éducation des enfants ? N'est-ce pas à lui de la secourir, de la relever, si, faible femme, elle pliait sous les chagrins de la vie ? Il est ignoble

et cruel l'homme qui permet que sa femme s'é-
puise en veilles, en travaux pénibles, et se refuse
presque des aliments pour suffire aux charges
du ménage, et qui n'hésite pas, lui, pour satisfaire une odieuse passion, à engloutir dans une
orgie ce qui devait faire vivre toute une semaine
cette mère de famille et ses enfants. Il n'y a pas
d'expressions pour rendre l'horreur qu'inspire à
toute âme honnête le misérable qui, dans ses
lâches fureurs, outrage, frappe et meurtrit sa
femme, triste victime dont tout le crime est souvent d'avoir fait à ce bourreau le tableau trop
fidèle de la misère où il plonge sa famille par
ses débauches.

Il faut être juste envers notre époque ; les
exemples de cet abrutissement féroce deviennent
de jour en jour plus rares, même parmi nos
plus pauvres populations. Pourquoi ce progrès
ne se poursuivrait-il pas jusqu'à l'entière amé-
lioration des mœurs de la famille ? L'ouvrier
n'a-t-il pas en lui tout ce qui peut en faire un
mari honnête et dévoué, un père soucieux du
bonheur de ses enfants ? Il a la loyauté, personne, mieux que lui ne tient la foi promise ; il
a le courage qui sait porter le poids des rudes
travaux, et celui qui combat contre les forts pour
venir au secours de la faiblesse. Il a le dévouement qui sait tout braver, qui sait mourir, à la
voix du devoir, à l'appel de l'humanité ou de la
patrie.

Enfant du peuple, que l'éducation maternelle
vienne en aide à ses bons instincts ; qu'il s'a-
perçoive que l'état prend quelque souci de sa
dignité et de son bien-être ; qu'il sente de plus

en plus à ses côtés le bienveillant patronage des hommes qui ont dans les mains toutes les ressources sociales ; distrait du sentiment de sa misère, il réfléchira, il comprendra son intérêt et son devoir comme époux et comme père ; il aura, dans sa vie obscure, les vertus de famille, comme il sait avoir, au besoin, avec élan et grandeur, celles du patriotisme, en face des ennemis de la France.

H. CORNE.

PAUVRES PLAIDEURS!

Après la famine, la guerre et le choléra-morbus, de tous les fléaux qui affligent la pauvre humanité, je n'en connais pas de plus déplorable que celui des procès.

Quand le soleil n'a point mûri les récoltes il faut bien que le peuple ait faim.

Quand les rois ont décidé qu'un million d'hommes iront se faire couper en morceaux pour la querelle de leur vanité ou de leur intérêt dynastique, il faut bien, jusqu'à nouvel ordre, que le sang du peuple coule à flots.

Quand Dieu nous envoie la peste, il faut bien, en dépit de nos docteurs à l'eau chaude, à la glace ou au punch, que le peuple souffre et meure.

Mais, au nom de Dieu, pourquoi faut-il que des milliers de pères de famille, chaque année, jettent dans le gouffre de la chicane leur patrimoine, leur bonheur, tout leur avenir et celui de leurs enfants?.... Pourquoi ?.... parce que,

> « De Paris au Pérou, du Japon jusqu'à Rome,
> Le plus sot animal, à mon avis, c'est l'homme. »

Il y a juste cent soixante et huit ans que cette grosse vérité fut dite, et on la jugerait toute fraîche d'hier.

Oui, sotte vanité, sot orgueil, sot entêtement, voilà la source d'où découlent ces innombrables procès qui, sans rien produire, dévorent la substance des malheureux que cette rage possède.

Voyez ces deux paysans qui, depuis trois ans, sèchent de chagrin, négligent leurs travaux, vident leur bourse, vendent le champ de leurs pères pour payer huissiers, avoués, avocats, greffiers, et le fisc, le plus gros mangeur de tous ; et pour quelle cause ? pour un sentier, pour un sillon, un revers de fossé, pour un saule abattu ou le dégât commis par une poule. Dites si ces hommes là n'ont pas la cervelle dérangée, si ce ne sont pas des fous bien à plaindre, et bien plus dangereux pour eux-mêmes et les autres que ceux que l'on enferme tous les jours.

— Mais personne n'est à l'abri d'un procès.— Sans doute si vous supposez qu'une partie du genre humain reste avec l'esprit malade, et fasse des procès à l'autre partie qui aura l'esprit sain.—Mais si tout le genre humain avait le sens commun, convenez qu'on ne plaiderait plus.

Quel est l'homme raisonnable qui, pour gagner 5 fr. en dépensera 20, qui pour s'exempter d'une gêne légère, s'imposera une vie de démarches fatigantes, d'inquiétudes et de tribulations? On ne fait point de tels marchés, à moins d'être en état d'interdiction, ou bien possédé du démon de la chicane.

Quoi qu'on en dise, les procès ne sont pas un mal inévitable, et je n'en veux pour preuve que l'habileté avec laquelle les hommes sages, les pères de famille prudens, les bons administrateurs, les évitent. Car, c'est un fait démontré par l'expérience, ceux qui possèdent le plus, ceux qui sont le plus exposés aux empiètements d'autrui, ceux qui pourraient perdre davantage, ceux-là plaident le moins, et pour ainsi dire, pas du tout. Les villes ont moins de procès que les campagnes, et dans les campagnes, c'est un fléau qui dévore presque exclusivement les chaumières.

Vous vous plaignez de votre voisin. C'est un homme intraitable, ombrageux, entreprenant, toujours prêt à usurper sur vous, à vous envoyer l'huissier et sa fabrique de sommations et d'assignations.—Mais vous-même, êtes-vous pour lui ce que vous devriez être ? — Usez donc avec lui d'un peu d'égards et de tolérance ; ménagez sa susceptibilité, fermez l'œil à propos ; vous vivrez en paix, et cela vaudra bien les charmes de trois ou quatre bons procès qui couvent en ce moment, et qui vous promettent après d'énormes dépenses, après d'amers soucis de toute espèce, un infernal voisinage, et la tentation, chaque fois que vous vous rencontrerez, de vous couper l'un à l'autre la gorge, pour en finir.

Le chef-d'œuvre du genre, c'est le procès de famille.—Oh ! l'admirable chose que de voir des frères, des parents, pour un partage, une dot à rapporter, un avantage testamentaire, venir dans le champ clos de la justice s'invectiver, se gourmer, s'arracher le masque, se couvrir de boue, aux huées de tout le public qui déserte ce jour-là le théâtre pour l'audience. Quelles douces émotions que de se sentir au bout de tout cela, chacun de son côté, appauvri, déconsidéré, conspué, et environné, au lieu d'affections de famille, de ces haines de frères, les plus implacables de toutes! Malheureuses gens ! — Un peu de respect de vous-mêmes, un mot de conciliation, le sacrifice d'un millier de francs, aurait tout arrangé, tout prévenu. Vous avez plaidé ; l'un de vous a gagné son procès : mais tous vous avez perdu ce que vous voudriez aujourd'hui, mais en vain, racheter au prix de la moitié de votre fortune.

— Que faire cependant ? il y a matière à contestation dans la plupart des transactions humaines. Il y a des difficultés qui naissent de l'ambiguité ou du silence même de la loi ; qui les résoudra ? — Sur ce point, je sais une histoire, instructive à mon sens ; je vais vous la dire.

Deux habitants d'un gros bourg allaient entrer en procès. — L'un d'eux s'en vint trouver l'autre et lui dit : Voisin, vous pensez que ce mur est mitoyen, et moi je pense qu'il ne l'est pas ; nous plaiderons, c'est-à-dire que nous allons mettre à l'œuvre deux avoués, deux avocats, un greffier, je ne sais combien d'huissiers. Il y aura expertise descente de lieux, enquête et contre-enquête, rien n'y manquera, sans compter dix voyages qu'il nous faudra faire à la ville voisine. Le procès perdu ou gagné en première instance, nous ne sommes pas gens à en rester-là, nous allons en cour royale ; c'est entendu. — Là, c'est bien mieux encore : tout s'y paie au double, écritures et paroles, et c'est trente lieues qu'il nous faudra faire pour aller voir nos avocats et nos juges, Dieu sait combien de fois. Quand nous aurons tout payé, sans oublier timbre, enregistrement, droits du fisc de toute espèce, voisin, dites en conscience, vous qui vous y connaissez, combien aurons-nous déboursé. — Eh ! mais... j'estime cela, au plus bas, à 1500 fr., pour le perdant, et 500 fr. pour le gagnant. — Et le mur pour lequel nous aurons plaidé combien l'estimez-vous ? — Dame ! cent écus, c'est-à-dire cinquante pour la moitié que vous prétendez me faire payer. — Fort bien. Maintenant voulez-vous gagner à coup sûr 350 fr., à chances égales entre nous, 1350 francs ? Ne plaidons pas. — Et qui décidera la question ? — Une justice qui ne coûte rien, un coup de dés. Aussi bien, dit-on, le meilleur de ces arrêts qui se paient si cher n'est souvent pas autre chose. — L'autre voisin accepta ; les dés en décidèrent. L'amour-propre d'aucun ne fut blessé, et la bourse de tous deux s'en trouva beaucoup mieux.

Ne voulez-vous pas de mon histoire ? parlons sérieusement. — Votre adversaire et vous, vous êtes de bonne foi, et sans passion ; vous ne voulez qu'une chose, que la loi vous soit appliquée sainement, et selon vos droits. Allez trouver un jurisconsulte homme de bien ; interrogez son savoir et sa conscience ; il vous dira ce que des études et une expérience de vingt années lui ont appris. Dans le secret de son cabinet, sans frais, sans déboires, sans scandale, il prononcera entre vous une sentence équitable, et vous sortirez de chez lui vous donnant la main. Me direz-vous que tout jurisconsulte éclairé et honnête peut néanmoins se tromper ? — Et les tribunaux ne se trompent-ils jamais ?... Qu'est-ce bien souvent que l'éloquence et l'art de l'avocat, si ce n'est un piège tendu à la bonne foi du juge ? J'aime beaucoup mieux, dans l'intérêt de la vérité, l'exposé simple que vous ferez au jurisconsulte dans

son cabinet, que tous les artifices du praticien et
de l'orateur, dont on entourera le juge à l'audience. Oh! allez, les hommes sont toujours et
partout des hommes, et la justice humaine c'est
une grande loterie !

Pauvres plaideurs!... j'en reviens à ma devise,
et c'est par chiffres que je vais parler. J'ai sous
les yeux la statistique judiciaire, pour l'année
1832-33. Savez-vous combien de procès en
France dans le cours de cette seule année ?

Tribunaux civils de 1re instance. 124,560

Tribunaux spéciaux de commerce. 103,157   procès.

Cours royales. 21,970

Total 246,687

Que de malheureux ! quelle somme énorme
enlevée à la production, aux entreprises utiles,
aux besoins les plus pressans de milliers de
famille! à 200 francs par procès, et c'est un
terme-moyen qui n'a rien certes d'exagéré,
246,687 procès, donnent 49 millions 337 mille
400 francs, dépensés chaque année en pure
perte, pour satisfaire la plus absurde des passions humaines, et alimenter quelques hommes
qui vivent des sottises d'autrui. Encore, pour
être exact, faudrait-il ajouter à cette somme
toutes celles qu'absorbent les innombrables con-
testations portées devant les juges de paix, et les
procès si coûteux soutenus devant la cour de
cassation ; et les millions employés à solder
juges en robe noire, juges en robe rouge, juges
de tous les degrés. On arriverait par tous ces

calculs à un chiffre véritablement effrayant. Pauvres hommes, tant affamés de richesses, il faut convenir que vous en faites un bien sot emploi, et que votre civilisation dont vous êtes si fiers, ne vous a guères fait avancer encore dans la science du bonheur.

H. CORNE.

Mettez ce qu'il en coûte à plaider aujourd'hui ;
Comptez ce qu'il en reste à beaucoup de familles :
Vous verrez que Perrin tire l'argent à lui,
Et ne laisse aux plaideurs que le sac et les quilles.

LAFONTAINE.

LE CONSEIL DE FAMILLE

C'était la fête du village. Par une belle soirée du mois de septembre, après de longues heures gaiement passées à table, de toutes parts, hommes et femmes se rendaient par groupes animés et pittoresques, les uns à la danse sur l'herbe d'une prairie, les autres, plus nombreux, aux différents cabarets, trop étroits ce jour-là pour contenir la foule des joyeux buveurs.

A l'angle formé par la principale rue du village et la grand'route qui mène à la ville voisine, s'élevait isolée, au milieu d'une touffe d'arbres, la maison de Jérôme Maillard, le maréchal ferrant de l'endroit. Par une rare exception, dans l'atelier de Jérôme, dont la renommée d'excellent forgeron attirait les pratiques de deux ou trois lieues à la ronde, ce soir-là le foyer de la forge était éteint ; il n'éclairait plus de ses rouges reflets le feuillage des arbres et les murs séculaires d'une petite chapelle, érigée non loin de là sur le bord de la route. Chose non moins rare, Jérôme avait quitté ses marteaux, son tablier de cuir, et cette liberté du costume quotidien qui laissait à découvert ses bras musculeux et sa poitrine velue : il avait revêtu, en ce jour solennel, ses formes herculéennes d'un ample habit bleu barbeau, avec d'énormes boutons de métal. Sa brune et osseuse figure, accompagnée d'épais favoris noirs, était assez bizarrement en-

cadrée dans un immense col de chemise d'une
éclatante blancheur. Sa femme, Marceline, belle
villageoise aux traits presque délicats, plus jeune
que son mari, endimanchée comme lui ce jour-
là, mais dont la toilette ne manquait pas d'un
certain goût, était assise à ses côtés. Elle venait
d'apporter au devant de la maison, avec quelques
chaises, une petite table qu'elle avait bientôt
ornée de verres et d'un vaste pot d'étain aussi
reluisant que s'il eût été de l'argent le mieux
poli. Autour de cette table, en face de Marceline
et de son mari, avait pris place un troisième
personnage, objet évident de l'attention et de la
déférence des deux époux.

Ce personnage, c'était *mon oncle*. On ne l'ap-
pelait pas autrement dans la maison de Jérôme :
il n'y venait que de loin en loin, mais régulière-
ment à l'époque de la fête du village. Son nom
souvent prononcé, toujours avec respect, son
autorité souvent invoquée, et dans les circons-
tances délicates, tout annonçait que mon oncle
était à la fois le patron, la notabilité, disons-le
même, l'orgueil de la famille. A plus d'un titre,
Pierre Chombourg justifiait la vénération, l'espèce de culte dont il était l'objet de la part de
ces braves gens. Oncle de Marceline, restée or-
pheline à l'âge de douze ans, il avait été son
tuteur, lui avait fait donner une éducation propre à en faire une bonne ménagère, et l'avait
mariée à Jérôme, dont il avait apprécié, sous
une écorce un peu épaisse, l'excellent naturel.

Pierre Chombourg était un de ces vieillards
comme il n'est pas rare d'en rencontrer sur
notre terre de France, naguère si féconde en

soldats, un de ces glorieux débris d'un âge hé-
roïque, avec une tête et un œil fier qui attestent
que leur âme était de forte trempe, avec un corps
usé et cassé avant l'âge, tant leur vie fut rude et
leur sang prodigué dans tous les sillons de l'Eu-
rope. Fils d'un paysan, soldat de la république
par amour du pays et de la liberté, soldat de
l'empire par amour du métier des armes et de la
gloire, il venait de conquérir son épaulette d'officier, lorsqu'un éclat d'obus l'étendit presque
mourant sur le champ de bataille d'Eylau. Il
revint mutilé dans ses foyers où, depuis trente
ans, il vivait, avec sa pension de retraite, de
l'existence la plus modeste et la plus uniforme :
le matin, s'occupant lui-même de son ménage ;
l'après-midi, cultivant un petit jardin dans un
des faubourgs de la ville ; le soir, enfin, l'orne-
ment et l'oracle de l'estaminet où il allait lire à
haute voix le journal et boire un demi-litre de
bière en fumant sa pipe.

Il est aisé de comprendre qu'en raison même
de sa qualité d'ancien officier, d'homme vivant à
la ville, et de sa réputation de grand politique,
Pierre Chombourg avait dû inspirer à Jérôme,
homme simple et, malgré ses formes d'athlète,
timide comme un enfant, le respect qu'une cer-
taine habitude du monde et le renom d'habileté
ou de savoir impriment aux natures incultes.
Quant à Marceline, indépendamment de l'affec-
tion qu'elle portait à son oncle, comme elle était
capable d'apprécier son sens droit et juste, elle
recherchait ses conseils, et avait grande foi dans
leur sagesse. Aussi, devons-nous dire, qu'en atti-
rant cette année, par de vives instances, à la fête

du village, le vieil officier qui souffrait de la goutte, la femme du forgeron n'avait pas agi en vertu d'un mobile parfaitement désintéressé. Depuis quelque temps une grave question d'intérieur préoccupait les époux Maillard. La femme surtout la ramenait souvent sur le tapis ; et chaque fois elle concluait à peu près en ces termes : « Il nous faut là-dessus l'avis de mon oncle. Nous le consulterons à sa prochaine visite. »

Or, à ce moment même que nous retracions plus haut, alors que Jérôme et sa femme, libres de la présence de leurs convives étrangers, se retrouvaient seuls avec Pierre Chombourg, et qu'ils méditaient déjà la manière d'introduire la grande question, elle vint se poser d'elle-même, et tout brusquement, dans la personne de *Philibert Maillard*, l'unique enfant du forgeron.

Un roulement de tambour venait de se faire entendre au bout de la rue. Un long cri de joie, cri de nature à agacer les nerfs les moins susceptibles, y répondit de l'intérieur de la maison, et aussitôt on vit s'élancer du fond de la forge un jeune garçon de 13 à 14 ans, en blouse et en casquette, qui, franchissant d'un bond les tas de ferraille, les étaux, les enclumes, au risque de renverser la table où les grands parents étaient assis, passa près d'eux comme un ouragan, et sans autre formule de politesse, se mit à courir de toute la vitesse de ses jambes vers un groupe de jeunes gens qui s'était formé à quelque distance dans le chemin. Le signal qui venait d'être donné annonçait le commencement d'une partie de *billon*, amusement favori de Philibert ; il eut bientôt pris place parmi les joueurs, et pas un d'entre eux ne lançait avec plus de vigueur et d'adresse les lourdes massues , instruments de ce jeu.

Pendant que Marceline , un peu choquée du sans-gêne avec lequel son fils avait fait son entrée en scène et sa sortie, lui envoyait de loin quelques reproches qui se perdaient dans l'air , Pierre Chombourg souriait en voyant courir à toutes jambes, vers le lieu du plaisir, ce jeune garçon, grand, fort, admirablement découplé et d'une figure resplendissante de santé.

« Voilà un jeune gars, dit-il, qui promet. S'il ne lui arrive pas malheur, cela fera quelque jour un homme solide.

— Oh ! dit le père, il est déjà fort comme un Turc, et pour l'adresse il n'a pas son pareil. Ce garçon-là vous forge un fer en s'amusant, aussi bien que pourrait le faire un homme *de l'état*, et en un tour de main il réduit le cheval le plus rétif et le fait entrer dans *le travail*, soumis comme un mouton.

— Dans le bon temps, on t'aurait fait de cela, Jérôme, un fameux soldat : à 14 ans, il a presque la taille et une poitrine de carabinier.

— Et avec cela un poignet de fer, » ajouta Jérôme , dont la rude figure s'épanouissait en énumérant les qualités athlétiques de sa progéniture.

Marceline se taisait. Sans être tout-à-fait insensible aux éloges donnés à la vigueur musculaire de son fils, cependant elle ne paraissait pas se complaire au tour que prenaient les idées de son mari et de son oncle, à l'endroit de cet enfant, objet de sa tendresse et de son orgueil de mère.

« Je donnerais bien, dit-elle, d'un ton où il entrait quelque tristesse, une bonne partie de notre avoir pour voir Philibert un peu moins robuste et un peu plus savant.

— Est-ce que l'enfant, dit l'oncle, ne mordrait pas fort à la lecture ou à l'écriture ?

— Oh ! si fait, Dieu merci ! M. l'instituteur, qui est un jeune homme fort instruit, lui a passablement appris à lire, à écrire et même à calculer. Mais vous sentez, mon oncle, qu'aujourd'hui, quand tout le monde sait ces choses-là, tout le monde, jusqu'au fils du batteur en grange, nous devons désirer mieux que cela pour notre garçon ; car, enfin, nous n'avons que cet enfant-là ; et à force de travailler, on lui laissera quelque chose. Déjà nous sommes dans les dix plus forts contribuables de la commune ; Jérôme est du conseil municipal ; et quand on voit, dans le village, des fermiers qui ne nous valent pas, faire apprendre le latin à leurs fils, pourquoi n'en ferions-nous pas autant ? D'ailleurs si Philibert pouvait arriver un jour à être un savant, un homme de plume, cela serait bien heureux pour lui, et bien glorieux pour nous. N'est-ce pas aussi votre avis, à vous, mon oncle ? »

Pierre Chombourg, l'air soucieux, les bras croisés sur la poitrine, et dans une attitude de penseur, ne se pressait pas de répondre.

Jérôme, profitant de ce que Marceline avait fait les frais de cette ouverture, hasarda son mot : « Il est certain, dit-il, que notre femme a là une idée. Je n'y avais pas d'abord pensé, moi ; j'aime mon métier, c'est vrai, mais c'est parce que je n'en connais pas d'autre. Au fait, j'ai du mal, et

je ne suis, après tout, qu'un maréchal ferrant.
Pourquoi ? parce que mes parents, braves gens
du reste, à qui je ne le reproche pas, n'avaient
pas le moyen de m'envoyer dans les grandes
écoles, là où l'on apprend du latin. Au contraire,
dit notre femme, si nous faisons étudier Philibert, si nous le mettons en ville, dans un collége,
il deviendra un savant, un homme bon à tout ;
on en fera, que sais-je ? un clerc de notaire, un
percepteur, ou bien un commis *des droits réunis*.
Enfin il aura, le garçon, un bon état, bien tranquille ; il sera assis presque tout le jour dans un
bureau ; ce sera un monsieur bien considéré,
bien payé par le gouvernement, et non pas un
pauvre ouvrier comme son père, gagnant sa vie
et le pain de sa famille à la force de ses bras.
Décidément, je crois que notre femme a raison.
Mon oncle, qu'en pensez-vous ? »

Marceline était enchantée de voir son mari
répéter si ponctuellement, sauf la forme, toutes
les belles choses dont elle l'entretenait souvent.
Néanmoins, elle n'eût pas voulu risquer une
solution qu'elle avait si fort à cœur, sur la seule
éloquence du maréchal ferrant ; elle s'empressa
donc de lui venir en aide, et fort adroitement,
fort chaleureusement, comme savent si bien faire
les femmes qui veulent arriver à leurs fins ; elle
s'évertua à pénétrer l'esprit de son ancien tuteur
des avantages du latin, voire même du grec, ap-
pliqué à l'intelligence de Philibert ; elle lui pei-
gnit, sous les plus séduisantes couleurs, les
perspectives qui s'ouvriraient devant son fils,
une fois qu'il serait pourvu de ce classique ba-
gage. Elle n'osait pas tout à fait élever ses pré-

tentions jusqu'à la robe du magistrat ou de l'avocat ; mais pourquoi Philibert ne pourrait-il, comme tant d'autres, se pousser dans la carrière des places, par exemple, dans les impôts directs ou indirects, et recevoir, à jour fixe, quelque gros traitement, sans se donner beaucoup de mal, et sans être tenu de laisser mesurer à tout venant la somme de son savoir ?

Mais elle avait beau prendre vis-à-vis du vieux soldat son ton de cajolerie le plus séduisant et accumuler avec art les arguments les plus victorieux ; à mesure qu'elle avançait dans son plaidoyer en faveur des belles-lettres et des bonnes places, la figure de Pierre Chombourg se rembrunissait ; ses sourcils grisonnants se rapprochaient par le plissement de son front, et sa physionomie devint par degrés si peu encourageante pour l'orateur, qu'en un certain moment Marceline coupa court à sa harangue, et se tut d'un air tout dépité.

« Ma nièce, dit alors le vieillard d'un ton grave et solennel, ma nièce, prenez garde, vous avez de l'ambition. » Et comme Marceline se récriait : « Vous avez de l'ambition, vous dis-je, sinon pour vous, du moins pour votre fils. Or prenez-y garde ; l'ambition perd les familles, comme elle perd les empires : elle a perdu l'empereur Napoléon.

— C'est vrai, dit Jérôme, frappé de ce grand exemple.

— Ecoutez-moi bien, Jérôme, et vous, ma nièce, et pour ne pas vous méprendre sur le vrai sens de mes paroles, admettez d'abord une supposition. Supposez que moi qui vous parle, je sois un ci-devant seigneur, un homme de l'autre temps, entiché d'idées de châteaux, de noblesse, de priviléges, ou bien un freluquet de la cour, un homme du grand monde, enrichi n'importe comment, et que je vienne ici vous dire : «Bonnes gens, votre fils est venu au monde dans une forge, son lot est de vivre et de mourir forgeron. A chacun sa classe et sa destinée. La belle éducation n'est pas faite pour des fils d'ouvriers ; il faut laisser cela aux enfants des nobles, des hommes de robe et des riches fournisseurs. Les gens de votre sorte sont bons pour labourer la terre, forger un fer de cheval ou une bande de roue. Vous avez fait cela toute votre vie, mon bonhomme, que votre fils en fasse autant ; le monde n'en ira que mieux. » — Jérôme, suivez bien mon idée : si j'étais donc quelque fat de l'ancien ou de nouveau régime qui viendrait vous parler de la sorte, vous me regarderiez de travers, le sang vous monterait au visage, puis vous me prendriez par les épaules, et vous m'enverriez d'ici promener sur la grand'route.

— Vous croyez, mon oncle?...

— Certainement ; et vous auriez, pardieu, raison. Pourquoi? parce qu'alors je serais un impertinent, un égoïste, sans mémoire comme sans cœur ; parce qu'il n'est permis à personne d'oublier que pendant vingt-cinq ans notre pauvre France s'est épuisée de richesses et de sang précisément pour rendre les hommes égaux, pour ouvrir la carrière à tous indistinctement, riches ou pauvres, pour permettre au fils du laboureur et de l'ouvrier de s'élever par son instruction, par son courage, et d'arriver tout au plus haut, s'il en a la force.

Mais ici ne confondons pas. Moi, Pierre Chombourg, qui cause avec vous en ce moment, assis à votre table, de ma personne, qui suis-je ? Fils de paysan, laboureur d'abord, puis grenadier à l'armée de Sambre-et-Meuse ; ensuite sergent à l'armée du Rhin, deux fameuses armées où l'on chantait la *Marseillaise*, et où l'on portait dans le cœur la république française une et indivisible. J'ai servi l'empereur, c'est vrai ; mais faites-moi le plaisir de me dire, Jérôme, si ceux-là qui se faisaient tuer pour la France à Austerlitz, à Iéna, à Eylau, si ceux-là, les anciens surtout, c'étaient des aristocrates ? Allons donc !..... A Eylau, disons-nous, je suis rencontré dans mon chemin par un éclat d'obus, et voilà tout fini pour Pierre Chombourg. Adieu l'ambition et la graine d'épinards ! Je reviens tant bien que mal dans mon pays, et je vis dans mon coin, vieil invalide, petit bourgeois avec ma pension de retraite et ma croix d'honneur, dans un quartier de maison, place du Rivage, à Arras. En conscience, ce n'est pas moi que vous soupçonnerez, toi, Jérôme, ni vous, Marceline, de penser, en fait de liberté et d'égalité, comme un ci-devant, un vrai seigneur, un aristocrate, un agent de change ou un gros marchand de fer enrichi. »

Jérôme et sa femme repoussèrent l'idée d'un pareil soupçon avec un ton de conviction et de sincérité nullement équivoque.

« Je suis donc connu, moi qui vous parle, et alors je vous dis la vérité crûment et comme on doit la dire à ses amis. — Jérôme, l'idée de faire de ton fils un homme de bureau, un homme en place, un percepteur, un commis de quelque administration, cela te va, cela te sourit, parce que tu n'entends rien à la chose, et que tu ne vois qu'un bon traitement à recevoir pour mener une vie que tu crois plus douce que la tienne. Et toi, Marceline, tu aimes les honneurs de la place, tu es fière d'avance de voir ton Philibert dans les emplois publics. Mais le mal d'abord, c'est qu'il n'est pas facile d'y arriver. Beaucoup de gens raisonnant comme vous, il se trouve que pour une place il y a cent amateurs ; je ne dis pas encore assez. Or le gouvernement, que fait-il ? il tient la dragée haute à tout ce monde-là ; il imagine chaque jour quelque nouveau moyen pour réduire le nombre des prétendants ; il leur dira par exemple : « Mes amis, faites-vous d'abord *bacheliers ès lettres*. Tu frémirais, Jérôme, si tu savais tout ce que ce mot-là renferme : latin, grec, histoire, rhétorique, philosophie, mathématiques, physique, anglais, allemand, il faut que tout cela entre plus ou moins dans la tête d'un aspirant bachelier ; si bien que c'est l'ouvrage de 8 ou 10 années d'études. Arrière, dès lors, les petites bourses qui ne peuvent, dix années durant, dépenser chaque année 7 ou 800 francs en frais de pension et de maîtres de toutes couleurs. Arrière les esprits quelque peu rétifs qui n'ont pas été courbés sur les livres de bonne heure. Si par hasard Philibert était ce qu'on appelle *un sujet*, un petit phénix, qui se nourrirait tout naturellement de grec, de latin, comme tu te nourris, Jérôme, de pain et de viande, oh ! alors voyant son goût et le vôtre, peut-être vous dirais-je : « Laissez faire cet enfant-là, qu'il devienne bachelier, et qu'il pousse sa pointe. » Mais parlons franchement, quoique l'enfant ne soit pas un sot, Dieu merci ! pour la science il me fait l'effet d'avoir la tête un peu dure.

— Un peu dure, comme vous dites, répondit Jérôme, avec un mouvement de tête affirmatif.

— Mais je ne sais pas où mon mari a été prendre cette opinion-là, reprit la mère d'un ton assez aigre ; il est certain que Philibert a des dispositions.

— Des dispositions, femme, je ne dis pas le contraire ; mais, quant à la tête dure, pour le latin, s'entend, M. l'instituteur qui l'a essayé là-dessus, et M. le curé, qui s'en est mêlé aussi, tous deux me l'ont dit : celui-ci même a ajouté, pour être plus clair : « Il a la tête dure comme une enclume. » Cela se comprend, et on sait bien ce que l'on dit. »

Marceline s'apprêtait à répliquer vertement. Le vieux soldat, d'humeur pacifique, prévint le commencement d'hostilités. « Ne nous fâchons pas, ma nièce, lui dit-il, tu veux que ton fils soit bachelier, il le sera. Ne sommes-nous pas dans le siècle de l'industrie ? Il se trouvera des industriels qui entreprendront, à prix fixe, de bourrer la tête de ton fils de latin, de grec et de vingt autres choses, juste à point pour qu'il emporte son diplôme. Te dire que d'ennuis, que de dégoûts, que de mortelles tristesses pour le pauvre garçon qui regrettera mille fois, et son village, et la forge paternelle, c'est ce que je n'essayerai pas. Le voilà donc bachelier. Mais la place, la bonne place que vous rêvez pour lui, il ne la tient pas encore. Le gouvernement a beau faire,

les rangs des solliciteurs d'emplois ne s'éclair-
cissent point, et, chose merveilleuse ! les bacheliers pullulent aujourd'hui tout autant que les
ignorants autrefois. Comment se faire jour à travers cette cohue ? Il y faut mettre beaucoup de
patience, avant d'apercevoir une trouée et d'en
profiter ; il faudra que Philibert attende deux
ans, quatre ans, six ans et plus peut-être. Il est
vrai que tout en attendant, il pourra, s'il est
habile homme d'ailleurs et bien protégé, char-
mer ses loisirs en servant l'état *gratis*, sous
diverses formules ingénieusement variées : ainsi,
de prétendant à l'espérance, il passera aspirant
surnuméraire, puis il sera possesseur d'un sur-
numérariat, puis, en compagnie de quarante ou
cinquante surnuméraires comme lui, il n'aura
plus qu'à attendre le moment de leur disputer la
première place qui ne peut tarder à devenir
vacante. Ici, Jérôme, attention, car voici que ton
tour est venu.

— Mon tour, à moi ?... dit le forgeron, visi-
blement inquiet.

— Oui, sans doute. Crois-tu donc que le père
qui a l'honneur de posséder un fils à la veille
d'entrer dans les emplois publics, n'ait pas un
rôle à remplir ?

— Bah ! il y a un rôle pour le père ?...

— Très-certainement, et plus important que
tu ne le pourrais croire. Imagines-tu par hasard
que ton fils, le surnuméraire, va être choisi entre
tous ses concurrents et nommé titulaire de l'emploi vacant pour ses beaux yeux, où en raison de
la dose de latin et de grec qu'il devrait avoir,
mais qu'il n'a déjà plus dans la tête à l'heure

qu'il est? il s'agit de bien autre chose. Ton fils sera nommé, Jérôme, si tu as bien conduit ta barque, en homme adroit et fin politique; si tu as le bonheur d'être électeur et le bon sens de voter toujours pour le pouvoir; si enfin tu as su te faire des protecteurs, beaucoup de protecteurs; si tu as mis dans tes intérêts, par exemple, M. le maire de ton village, M. le sous-préfet, M. le directeur des contributions ou de l'enregistrement, M. le préfet, ton député surtout, et M. le pair de France qui habite ce grand château à deux lieues d'ici.

— Mais comment voulez-vous que moi, Jérôme Maillard, maréchal ferrant de mon état, qui ne sais pas parler devant le monde, et qui ai tant de mal à écrire une lettre, comment voulez-vous que je me fasse ami avec tous ces gros messieurs?

— Comment? oh! c'est bien simple. D'abord M. le maire, tu le mets dans tes intérêts en lui donnant toujours raison, en le soutenant, envers et contre tous, dans le conseil municipal, quand même il voudrait faire entrer dans ses champs tous les chemins vicinaux du terroir, ou faire paître son troupeau dans les vergers de ses voisins. Le sous-préfet a un côté fort sensible; tu le prends par là. Quand tu devrais te gêner un peu et lever de l'argent à gros intérêts, tu te mets en mesure de payer deux cents francs de contributions, te voilà électeur. Alors tu rassembles tes pièces, tu vas trouver le sous-préfet afin qu'il te fasse porter sur les listes électorales, et tu as soin de lui dire qu'il peut compter sur ton vote, que tu t'es fait électeur tout exprès pour donner ta voix à *son* candidat. On te fera un accueil charmant, et tu auras gagné, jusqu'aux prochaines élections, un chaud protecteur. Quant au directeur des contributions, ce n'est pas la politique qui le touche le plus ; mais il n'est pas insensible à une marque d'attention. Tu ne chasses pas, mais c'est égal : à l'ouverture, n'oublie pas d'acheter les plus belles pièces tuées sur le terroir. Tu les portes à M. le directeur et tu les lui offres de bonne amitié, comme le produit de la chasse de ton fils, le surnuméraire. Tu recommences dans le même genre une ou deux fois, et M. le directeur finit par prendre bonne opinion du surnuméraire Philibert Maillard ; il le présentera à la prochaine occasion. Pour gagner M. le préfet, tu t'y prends autrement : quand arrive la tournée de révision, tu tâches de t'insinuer auprès de lui, sous la protection de M. le maire ; tu lui fais tant de saluts qu'il te remarque enfin et dit : « Qu'est-ce que » c'est que ce brave homme-là ? que me veut-il ?» Alors, peut-être, le sous-préfet, si tu es bien en cour, dit à son patron un mot à l'oreille, et aussitôt le préfet t'adresse la parole : « C'est bien, » monsieur Jérôme Maillard, le gouvernement » vous saura gré de votre dévouement à la bonne » cause. Soyez tranquille, j'aurai soin de votre » fils. » — Avec le député, c'est plus simple encore et plus coulant ; tu vas le trouver et tu lui dis sans façon que tu votes pour lui et que tu comptes bien sur sa protection en faveur de ton fils. Il répond qu'il est bien flatté de ton suffrage; mais que pour la place, il se trouve dans un grand embarras, attendu que quatre autres électeurs tous également bien pensants la sollicitent;

un pour son neveu, un second pour son fils et les deux autres pour eux-mêmes. Alors tu ne te déconcertes pas, et tu lui dis que tu es heureux de lui apporter non pas seulement ta voix, mais celle de quatre de tes amis qui votent avec toi invariablement, total : cinq voix. Le total produit son effet : tu es choyé et caressé, et l'on te fait, pour Philibert, les plus belles promesses. Mais de ton côté, comme dans tout loyal marché il faut livrer la marchandise, tu te mets en quatre pour fournir les voix que tu as prises à ton compte ; et tu seras bien maladroit si, en faisant crédit à celui-ci, en travaillant à perte pour celui-là, en achetant au cher denier de mauvais fer chez un troisième, tu ne parviens pas, ou à peu près, à fournir ton contingent. Dès ce moment, ton affaire s'embellit beaucoup. Le pair de France néanmoins n'est pas à négliger. On n'a jamais trop de cordes à son arc. D'ailleurs, pour être bien venu de ce côté, tu n'as pas grands frais à faire. Il suffira que de loin en loin, tous les mois, par exemple, tu ailles le dimanche, vers onze heures du matin, trouver M. le baron dans son château, et lui tirer ta révérence. C'est un excellent homme ; seulement il n'est pas ennemi de tout ce qui rappelle le bon temps. Il aime à voir l'hiver, autour du feu de sa cuisine, l'été, sous son péristyle, une douzaine de bons paysans qui l'attendent, au retour de la messe, chapeau bas, pour lui demander sa protection. Il se voit alors comme un ci-devant seigneur au milieu de ses vassaux, et cela le rend d'une humeur charmante. Au demeurant, on ne le dit pas très-serviable, parce qu'étant pair de France à vie, il n'a pas besoin du pauvre monde : n'importe, s'il ne fait pas de bien, il pourrait faire du mal, il est bon de l'avoir pour soi. »

Ici Pierre Chombourg fit une pause. Jérôme respira bruyamment. L'attitude et l'air du pauvre maréchal ferrant pendant cette longue énumération des devoirs et des misères du solliciteur eussent inspiré la compassion, s'il n'y eût eu quelque chose de profondément comique dans son ébahissement et sa terreur. Il restait là, devant l'impitoyable narrateur, la bouche béante, ses gros yeux hors de la tête, et essuyant par intervalles les gouttes de sueur qui suintaient sur son front.

— « Est-ce tout, cette fois-ci ? demanda-t-il d'un ton de voix altéré.

— Un peu de patience ! tu n'es pas au bout ; nous ne faisons même que de commencer. Suppose toutes les peines récompensées ; Philibert obtient son emploi, il est commis en titre. Mais quel emploi ? quels appointements ? commis de troisième classe ! des appointements de 1,000 fr., encore soumis à la retenue pour la caisse des retraites ! impossible d'en rester là. Il fallait à ton fils une place ; maintenant c'est de l'avancement qu'il lui faut. Or, on monte par échelons de 200 à 300 fr. au plus, jusqu'à 1,000 écus, somme assez ronde, mais qui ne l'est pas trop pour ton fils obligé de vivre à la ville et de courir la France du nord au midi, et de l'est à l'ouest, au moindre signe de son directeur général. Combien d'échelons, et combien de fois il te faudra recommencer, mon pauvre Jérôme, le petit manége que je t'ai fait connaître.

— Vous appelez cela un petit manége !... Moi, je ferais jamais ce métier de valet, de plat-pied, de galérien !... je le ferais toute ma vie !... Non, mille tonnerres ! non. » Ici, Jérôme hors de lui, frappant de son poing fermé la table qui craqua dans toutes ses jointures, se mit à se répandre en un débordement de jurements et d'impréca-tions auxquels il mêlait, de la façon la plus bizarre, le grec et le latin, préfets, surnumé-raires, députés, bacheliers, pairs de France. Cette explosion qui scandalisa gravement Marce-line, à laquelle Pierre Chombourg assista de l'air du monde le plus impassible, parut, en définitive, soulager le pauvre homme. A la longue il se radoucit ; mais, comme les natures timides, il avait puisé dans l'émotion de terreur qu'il venait de ressentir une énergie qui ne lui était pas or-dinaire. Braver même la volonté de sa femme ne lui paraissait plus alors une chance aussi redou-table ; et il répétait d'un ton très-haut et très-net, sans pourtant regarder sa ménagère en face : « Après tout, je suis le maître chez moi. Personne ne fera de mon fils, malgré son père, malgré le pauvre garçon lui-même, un bache-lier et un commis, pas plus qu'on ne fera de Jérôme Maillard un rien qui vaille et un men-diant. »

Marceline, quoique dépitée de la tournure que les choses avaient prise, avait cependant, disons-le, encore plus de fierté dans le cœur que de vanité dans la tête. Elle n'avait pas été la der-nière à comprendre la justesse de la leçon que son vieil oncle lui donnait ; elle avait entrevu le trouble que ses projets eussent apporté dans la paisible et laborieuse existence de son mari et l'avenir précaire, sinon misérable, qu'elle eût préparé à son fils, en voulant l'élever au-dessus du niveau que les forces de son intelligence et la nature de ses goûts semblaient lui assigner. Elle s'exécuta donc de bonne grâce, et ce fut à l'unanimité que le conseil de famille prit une résolution : il fut décidé, séance tenante, que Philibert avait une pente médiocre vers les belles-lettres et les études classiques ; qu'il annonçait, au contraire, de merveilleuses dispositions pour traiter le fer à chaud ou à froid, et qu'il valait mieux, pour lui-même et pour tout le monde, qu'il fût, au lieu d'un détestable bachelier ès-lettres, un excellent forgeron. On notifia cette décision à Philibert en personne, au moment où, *roi* de la partie de billon, il revenait entouré de ses joyeux camarades qui lui faisaient, en chantant, un cortége d'honneur, et lui posaient sur la tête des couronnes improvisées aux dépens de toutes les haies voisines. La joie presque délirante avec laquelle ce jeune garçon accueillit la décision du conseil de famille, les prodigieuses gambabes qu'il fit à cette occasion, les cris presque sauvages par lesquels il célébra sa délivrance, respectivement au grec et au latin, tout confirma l'oncle, Jérôme et Marceline elle-même, dans l'idée qu'ils venaient de prendre une résolution approchant en sagesse du fameux jugement de Salomon.

Pierre Chombourg était vainqueur sur toute la ligne ; mais c'était un homme de sens, nullement systématique et absolu, et il n'abusa point de sa victoire. S'il dédaignait la fausse science, la science pédantesque, incomplète, appliqué^{e à} faux, qui n'est bonne qu'à faire le vide dans les cerveaux mal disposés qu'on soumet sans discernement à cette épreuve, il estimait, au contraire, à sa valeur l'instruction positive, spéciale, appropriée à l'intelligence qui la reçoit, subordonnée aux applications usuelles que chacun est appelé à en faire. S'il ne voulait pas que l'on fît de son petit neveu, en dépit de la nature et de la raison, un bachelier, moins encore voulait-il le condamner à n'être toute sa vie qu'un ouvrier ignorant. Complétant son ouvrage, il obtint que Philibert viendrait passer à la ville deux années avec lui. Ces deux années, le jeune villageois les employa fort utilement à suivre les cours de l'école primaire supérieure. Il y apprit, sans fatigue et même avec plaisir, non seulement à parler et à écrire le français avec correction, mais, en outre, le dessin, la géométrie, des éléments d'histoire naturelle, de physique, de chimie; il en emporta les plus nécessaires notions de géographie et d'histoire. Au sortir de cette école, son oncle le fit admettre en apprentissage, pendant deux autres années, dans un grand atelier de construction de machines, où il prit une teinture de la mécanique dans ses plus hautes applications comme dans ses plus ingénieux détails. Quand il revint au village, Jérôme le mit à la forge, et fut émerveillé de la bonne tournure et de la précision mathématique de ses ouvrages. Marceline ne pouvait se lasser de l'entendre dans un bon langage, simple, mais plein de sens et de clarté, discuter, avec les meilleures têtes de l'endroit, toutes sortes de questions qui se rapportaient à son art, aux instruments d'agriculture, aux moteurs industriels.

Aujourd'hui, Philibert a vingt-huit ans. Il a succédé à son père qui, se faisant vieux et ayant de l'aisance, s'est retiré des affaires, et ne vient plus à la forge qu'en amateur. Excellent ouvrier, et mieux que cela, habile mécanicien, Philibert ne peut suffire à toutes les demandes. Il a la confiance des hommes les mieux placés dans le pays ; c'est lui qui entretient, qui renouvelle même, d'après un meilleur système, tout le mécanisme hydraulique des usines établies sur le cours d'eau voisin. Il est marié ; le plus gros fermier du village lui a donné, avec une bonne dot, sa fille, excellente personne et bien élevée. Enfin, le fils du maréchal ferrant est aimé, considéré, gardant avec tout le monde son franc parler ; c'est un homme indépendant, heureux et même capable, quoique non bachelier ès-lettres.

H. CORNE.